GW00690101

O Conto da Ilha Desconhecida

O Conto da

JOSÉ SARAMAGO

PRÉMIO NOBEL DE LITERATURA, 1998

Ilha Desconhecida

ILUSTRAÇÕES DE **BARTOLOMEU DOS SANTOS**

CAMINHO

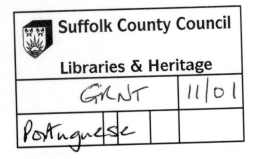
José Saramago
O CONTO DA ILHA DESCONHECIDA

Ilustrações: Bartolomeu dos Santos
Design gráfico: José Serrão
© José Saramago e Editorial Caminho, SA, Lisboa – 1999
Fotolito, montagem, impressão e acabamento:
SIG – Sociedade Industrial Gráfica, L.da
Data de impressão: Maio de 1999
Tiragem: 10 000 exemplares
Depósito legal n.º 137 759/99
ISBN 972-21-1263-5

www.editorial-caminho.pt

Um homem foi bater à porta do rei e disse-lhe, Dá-me um barco. A casa do rei tinha muitas mais portas, mas aquela era a das petições. Como o rei passava todo o tempo sentado à porta dos obséquios (entenda-se, os obséquios que lhe faziam a ele), de cada vez que ouvia alguém a chamar à porta das petições fingia-se desentendido, e só quando o ressoar contínuo da aldraba de bronze se tornava, mais do que notório, escandaloso, tirando o sossego à vizinhança (as pessoas começavam a murmurar, Que rei temos nós, que não atende), é que dava ordem ao primeiro-secretário para ir saber o que queria o impetrante, que não havia maneira de se calar. Então, o primeiro-secretário chamava o segundo-secretário, este chamava o terceiro, que mandava o primeiro-ajudante, que por sua vez mandava o segundo, e assim por aí fora até chegar à mulher da limpeza, a qual, não tendo ninguém em quem mandar, entreabria a porta das petições e perguntava pela frincha, Que é que tu queres. O suplicante dizia ao que vinha, depois instalava-se a um canto da porta, à espera de que o requerimento fizesse, de um em um, o caminho ao contrário, até chegar ao rei. Ocupado como sempre estava com os obséquios, o rei demorava a resposta, e já não era pequeno sinal de atenção ao bem-estar e felicidade do seu povo quando resolvia pedir um parecer fundamentado por escrito ao primeiro-secretário, o qual, escusado seria dizer, passava a encomenda ao segundo-secretário, este ao terceiro, sucessivamente, até chegar outra vez à mulher da limpeza, que despachava sim ou não conforme estivesse de maré.

Contudo, no caso do homem que queria um barco, as coisas não se passaram bem assim. Quando a mulher da limpeza lhe perguntou pela nesga da porta, Que é que tu queres, o homem, em lugar de pedir, como era o costume de todos, um título, uma condecoração, ou simplesmente dinheiro, respondeu, Quero falar ao rei, Já sabes que o rei não pode vir, está na porta dos obséquios, respondeu a mulher, Pois então vai lá dizer-lhe que não saio daqui até que ele venha, pessoalmente, saber o que quero, rematou o homem, e deitou-se ao comprido no limiar, tapando-se com a manta por causa do frio. Entrar e sair, só por cima dele. Ora, isto era um enorme problema, se tivermos em consideração que, de acordo com a pragmática das portas, ali só se podia atender um suplicante de cada vez, donde resultava que, enquanto houvesse alguém à espera da resposta, nenhuma outra pessoa se poderia aproximar a fim de expor as suas necessidades ou as suas ambições. À primeira vista, quem ficava a ganhar com este artigo do regulamento era o rei, dado que, sendo menos numerosa a gente que o vinha incomodar com lamúrias, mais tempo ele passava a ter, e mais descanso, para receber, contemplar e guardar os obséquios. À segunda vista, porém, o rei perdia, e muito, porque os protestos públicos, ao notar-se que a resposta estava a tardar mais do que o justo, faziam aumentar gravemente o descontentamento social, o que, por seu turno, ia ter imediatas e negativas consequências no afluxo de obséquios. No caso que estamos narrando, o resultado da ponderação entre os benefícios e os prejuízos foi ter ido o rei, ao cabo de três dias, e em real pessoa, à porta das petições, para saber o que queria o intrometido que se havia negado a encaminhar o requerimento pelas competentes vias burocráticas. Abre a porta, disse o rei à mulher da limpeza, e ela perguntou, Toda, ou só um bocadinho. O rei duvidou por um instante, na verdade não gostava muito de se expor aos ares da rua, mas depois reflexionou que pareceria mal, além de ser indigno da sua majestade, falar com um súbdito através de uma nesga, como se tivesse medo dele, mormente estando a assistir ao colóquio a mulher da limpeza, que logo iria dizer por aí sabe Deus o quê, De par em par, ordenou. O homem que queria um barco levantou-se do degrau da porta quando começou a ouvir correr os ferrolhos, enrolou a manta e pôs-se à espera. Estes sinais de que finalmente alguém vinha atender, e que portanto a praça não tardaria a ficar desocupada, fizeram aproximar-se da porta uns quantos aspirantes à liberalidade do trono que por ali anda-

vam, prontos a assaltar o lugar mal ele vagasse.
O inopinado aparecimento do rei (nunca uma tal
coisa havia sucedido desde que ele andava de co-
roa na cabeça) causou uma surpresa desmedida,
não só aos ditos candidatos mas também à vizinhança que, atraída pelo repentino alvoroço,
assomara às janelas das casas, no outro lado da
rua. A única pessoa que não se surpreendeu por
aí além foi o homem que tinha vindo pedir um
barco. Calculara ele, e acertara na previsão, que o
rei, mesmo que demorasse três dias, haveria de
sentir-se curioso de ver a cara de quem, sem mais
nem menos, com notável atrevimento, o manda-
ra chamar. Repartido pois entre a curiosidade que
não pudera reprimir e o desagrado de ver tanta
gente junta, o rei, com o pior dos modos, perguntou três perguntas seguidas, Que é que queres, Por
que foi que não disseste logo o que querias, Pen-
sarás tu que eu não tenho mais nada que fazer,
mas o homem só respondeu à primeira pergunta. Dá-me um barco, disse. O assombro deixou o
rei a tal ponto desconcertado, que a mulher da

limpeza se apressou a chegar-lhe uma cadeira de palhinha, a mesma em que ela própria se sentava quando precisava de trabalhar de linha e agulha, pois, além da limpeza, tinha também à sua responsabilidade alguns trabalhos menores de costura no palácio, como passajar as peúgas dos pajens. Mal sentado, porque a cadeira de palhinha era muito mais baixa que o trono, o rei estava a procurar a melhor maneira de acomodar as pernas, ora encolhendo-as ora estendendo-as para os lados, enquanto o homem que queria um barco esperava com paciência a pergunta que se seguiria, E tu para que queres um barco, pode-se saber, foi o que o rei de facto perguntou quando finalmente se deu por instalado, com sofrível comodidada, na cadeira da mulher da limpeza, Para ir à procura da ilha desconhecida, respondeu o homem, Que ilha desconhecida, perguntou o rei disfarçando o riso, como se tivesse na sua frente um louco varrido, dos que têm a mania das navegações, a quem não seria bom contrariar logo de entrada, A ilha desconhecida, repetiu o homem,

Disparate, já não há ilhas desconhecidas, Quem foi que te disse, rei, que já não há ilhas desconhecidas, Estão todas nos mapas, Nos mapas só estão as ilhas conhecidas, E que ilha desconhecida é essa de que queres ir à procura, Se eu to pudesse dizer, então não seria desconhecida, A quem ouviste tu falar dela, perguntou o rei, agora mais sério, A ninguém, Nesse caso, por que teimas em dizer que ela existe, Simplesmente porque é impossível que não exista uma ilha desconhecida. E vieste aqui para me pedires um barco, Sim, vim aqui para pedir-te um barco, E tu quem és, para que eu to dê, E tu quem és, para que não mo dês, Sou o rei deste reino, e os barcos do reino pertencem-me todos, Mais lhes pertencerás tu a eles do que eles a ti, Que queres dizer, perguntou o rei, inquieto, Que tu, sem eles, és nada, e que eles, sem ti, poderão sempre navegar, Às minhas ordens, com os meus pilotos e os meus marinheiros, Não te peço marinheiros nem piloto, só te peço um barco, E essa ilha desconhecida, se a encontrares, será para mim, A ti, rei, só te interessam as ilhas conhecidas, Também me interessam as desconhecidas quando deixam de o ser, Talvez esta não se deixe conhecer, Então não te dou o barco, Darás. Ao ouvirem esta palavra, pronunciada com tranquila firmeza, os aspirantes à porta das petições, em quem, minuto após minuto, desde o princípio da conversa, a impaciência vinha crescendo, e mais para se verem livres dele do que por simpatia solidária, resolveram intervir a favor do homem que queria o barco, começando a gritar, Dá-lhe o barco, dá-lhe o barco. O rei abriu a boca para dizer à mulher da limpeza que chamasse a guarda do palácio a vir restabelecer imediatamente a ordem pública e impor a disciplina, mas, nesse momento, as vizinhas que assistiam das janelas juntaram-se ao coro com entusiasmo, gritando como os outros, Dá-lhe o barco, dá-lhe o barco. Perante uma tão iniludível manifestação da vontade popular e preocupado com o que, neste meio-tempo, já haveria perdido na porta dos obséquios, o rei levantou a mão direita a impor silêncio e disse, Vou dar-te um barco, mas a tripulação terás de arranjá-la tu, os meus marinheiros são-me precisos para as ilhas conhecidas. Os gritos de aplauso do público não deixaram que se percebesse o agradecimento do homem que viera pedir um barco, aliás o movimento dos lábios tanto poderia ser Obrigado, meu senhor, como Eu cá me arranjarei, mas o que distintamente se ouviu foi o dito seguinte do rei, Vais à doca, perguntas lá pelo capitão do porto, dizes-lhe que te mandei eu, e ele que te dê um barco, levas o meu cartão. O homem que ia receber um barco leu o cartão-de-visita, onde dizia Rei por baixo do nome do rei, e eram estas as palavras que ele havia escrito sobre o ombro da mulher da limpeza, Entrega ao portador um barco, não precisa ser grande, mas que navegue bem e seja seguro, não quero ter remorsos na consciência se as coisas lhe correrem mal. Quando o homem levantou a cabeça, supõe-se que desta vez é que iria agradecer a dádiva, já o rei se tinha retirado, só estava a mulher da limpeza a olhar para ele com cara de caso. O homem desceu do degrau da porta, sinal de que os outros candidatos podiam enfim avançar, nem valeria a pena explicar que a confusão foi indescritível, todos a quererem chegar ao sítio em primeiro lugar, mas com tão má sorte que a porta já estava fechada outra vez. A aldraba de bronze tornou a chamar a mulher da limpeza, mas a mulher da limpeza não está, deu a volta e saiu com o balde e a vassoura por outra porta, a das decisões, que é raro ser usada, mas quando o é, é. Agora sim, agora pode-se compreender o porquê da cara de caso com que a mulher da limpeza havia estado a olhar, foi esse o preciso momento em que ela resolveu ir atrás do homem quando ele se dirigisse ao porto a tomar conta do barco. Pensou ela que já bastava de uma vida a limpar e a lavar palácios, que tinha chegado a hora de mudar de ofício, que lavar e limpar barcos é que era a sua vocação verdadeira, no mar, ao menos, a água nunca lhe faltaria. O homem nem sonha que, não tendo ainda sequer começado a recrutar os tripulantes, já leva atrás de si a futura encarregada das baldeações e outros asseios, também é deste modo que o destino costuma comportar-se connosco, já está mesmo atrás de nós, já estendeu a mão para tocar-nos o ombro, e nós ainda vamos a murmurar, Acabou-se, não há mais nada que ver, é tudo igual.

Andando, andando, o homem chegou ao porto, foi à doca, perguntou pelo capitão, e enquanto ele não chegava deitou-se a adivinhar qual seria, de quantos barcos ali estavam, o que iria ser seu, grande já se sabia que não, o cartão-de--visita do rei era muito claro neste ponto, por conseguinte ficavam de fora os paquetes, os cargueiros e os navios de guerra, tão-pouco poderia ele ser tão pequeno que resistisse mal às forças do vento e aos rigores do mar, o rei também havia sido categórico neste ponto, Que navegue bem e seja seguro, foram estas as suas formais palavras, assim implicitamente excluindo os botes, as faluas e os escaleres, os quais, sendo bons navegantes, e seguros, conforme a condição de cada qual, não tinham nascido para sulcar os oceanos, que é onde se encontram as ilhas desconhecidas. Um pouco afastada dali, escondida por trás de uns bidões, a mulher da limpeza correu os olhos pelos barcos atracados, Para meu gosto, aquele, pensou, porém a sua opinião não contava, nem sequer havia sido ainda contratada, vamos ouvir antes o que dirá o capitão do porto. O capitão veio, leu o cartão, mirou o homem de alto a baixo, e fez a pergunta que o rei se tinha esquecido de fazer, Sabes navegar, tens carta de navegação, ao que o homem respondeu, Aprenderei no mar. O capitão disse, Não to aconselharia, capitão sou eu, e não me atrevo com qualquer barco, Dá-me então um com que possa atrever-me eu, não, um desses não, dá-me antes um barco que eu respeite e que possa respeitar-me a mim, Essa linguagem é de marinheiro, mas tu não és marinheiro, Se tenho a linguagem é como se o fosse. O capitão tornou a ler o cartão do rei, depois perguntou, Poderás dizer-me para que queres o barco, Para ir à procura da ilha desconhecida, Já não há ilhas desconhecidas, O mesmo me disse o rei, O que ele sabe de ilhas, aprendeu-o comigo, É estranho que tu, sendo homem do mar, me digas isso, que já não há ilhas desconhecidas, homem da terra sou eu, e não ignoro que todas as ilhas, mesmo as conhecidas, são desconhecidas enquanto não desembarcamos nelas, Mas tu, se bem entendi, vais à procura de uma onde nunca ninguém tenha desembarcado, Sabê-lo-ei quando lá chegar, Se chegares, Sim, às vezes naufraga-se pelo caminho, mas, se tal me viesse a acontecer, deverias escrever nos anais do porto que o ponto a que cheguei foi esse, Queres dizer que chegar, sempre se chega, Não serias quem és se não o soubesses já. O capitão do porto disse, Vou dar-te a embarcação que te convém, Qual é ela, É um barco com muita experiência, ainda do tempo em que toda a gente andava à procura de ilhas desconhecidas, Qual é ele, Julgo que até encontrou algumas, Qual, Aquele. Assim que a mulher da limpeza percebeu para onde o capitão apontava, saiu a correr de detrás dos bidões e gritou, É o meu barco, é o meu barco, há que perdoar-lhe a insólita reivindicação de propriedade, a todos os títulos abusiva, o barco era aquele de que ela tinha gostado, simplesmente. Parece uma caravela, disse o homem, Mais ou menos, concordou o capitão, no princípio era uma caravela, depois passou por arranjos e adaptações que a modificaram, Mas continua a ser uma caravela, Sim, no conjunto conserva o antigo ar, E tem mastros e velas, Quando se vai procurar ilhas desconhecidas, é o mais recomendável. A mulher não se conteve, Para mim não quero outro, Quem és tu, perguntou o homem, Não te lembras de mim, Não tenho ideia, Sou a mulher da limpeza, Qual limpeza, A do palácio do rei, A que abria a porta das petições, Não havia outra, E por que não estás tu no palácio do rei a limpar e a abrir portas, Porque as portas que eu realmente queria já foram abertas e porque de hoje em diante só limparei barcos, Então estás decidida a ir comigo procurar a ilha desconhecida, Saí do palácio pela porta das decisões, Sendo assim vai para a caravela, vê como está aquilo, depois do tempo que passou deve precisar de uma lavagem, e tem cuidado com as gaivotas, que não são de fiar, Não queres vir comigo conhecer o teu barco por dentro, Tu disseste que era teu, Desculpa, foi só porque gostei dele, Gostar é provavelmente a melhor maneira de ter, ter deve ser a pior maneira de gostar. O capitão do porto interrompeu a conversa, Tenho de entregar as chaves ao dono do barco, a um ou a outro, resolvam-se, a mim tanto se me dá, Os barcos têm chave, perguntou o homem, Para entrar, não, mas lá estão as arrecadações e os paióis, e a escrivaninha do comandante com o diário de bordo, Ela que se encarregue de tudo, eu vou recrutar a tripulação, disse o homem, e afastou-se.

A mulher da limpeza foi ao escritório do capitão para recolher as chaves, depois entrou no barco, duas coisas lhe valeram aí, a vassoura do palácio e a prevenção contra as gaivotas, ainda não tinha acabado de atravessar a prancha que ligava a amurada ao cais e já as malvadas estavam a precipitar-se sobre ela aos guinchos, furiosas, de goela aberta, como se ali mesmo a quisessem devorar. Não sabiam com quem se metiam. A mulher da limpeza pousou o balde, meteu as chaves no

seio, firmou bem os pés na prancha, e, redemoi-
nhando a vassoura como se fosse um espadão
dos tempos antigos, fez debandar o bando assas-
sino. Foi só quando entrou no barco que com-
preendeu a ira das gaivotas, havia ninhos por toda a parte, muitos deles abandonados, outros ainda com ovos, e uns poucos com gaivotinhos de
bico aberto, à espera da comida, Pois sim, mas o
melhor é mudarem-se daqui, um barco que vai
procurar a ilha desconhecida não pode ter este
aspecto, como se fosse um galinheiro, disse. Ati-
rou para a água os ninhos vazios, quanto aos outros deixou-os ficar, até ver. Depois arregaçou as
mangas e pôs-se a lavar a coberta. Quando acabou a dura tarefa, foi abrir o paiol das velas e pro-
cedeu a um exame minucioso do estado das costuras, depois de tanto tempo sem irem ao mar e
sem terem de suportar os esticões saudáveis do
vento. As velas são os músculos do barco, basta
ver como incham quando se esforçam, mas, e isso mesmo sucede aos músculos, se não se lhes dá
uso regularmente, abrandam, amolecem, perdem

nervo, E as costuras são como os nervos das velas, pensou a mulher de limpeza, contente por estar a aprender tão depressa a arte de marinharia.
Achou esgarçadas algumas bainhas, mas conten-
tou-se com assinalá-las, uma vez que para este trabalho não podiam servir a linha e a agulha com
que passajava as peúgas dos pajens antigamente,
quer dizer, ainda ontem. Quanto aos outros paióis,
viu logo que estavam vazios. Que o da pólvora estivesse desmunido, salvo uns pozinhos negros
no fundo, que primeiro mais lhe pareceram ca-
ganitas de rato, não lhe importou nada, de facto
não está escrito em nenhuma lei, pelo menos até
onde a sabedoria duma mulher da limpeza é capaz de alcançar, que ir em busca de uma ilha desconhecida tenha de ser forçosamente uma empre-
sa de guerra. Já a ralou, e muito, a falta absoluta
de munições de boca no paiol respectivo, não por
si própria, que estava mais do que acostumada
ao mau passadio do palácio, mas por causa do
homem a quem deram este barco, não tarda que
o sol se ponha, e ele a aparecer-me aí a clamar que

tem fome, que é o dito de todos os homens mal entram em casa, como se só eles é que tivessem estômago e sofressem da necessidade de o encher, E se já traz marinheiros para a tripulação, que são uns ogres a comer, então é que não sei como nos iremos governar, disse a mulher da limpeza.

Não valia a pena ter-se preocupado tanto. O sol havia acabado de sumir-se no oceano quando o homem que tinha um barco surgiu no extremo do cais. Trazia um embrulho na mão, porém vinha sozinho e cabisbaixo. A mulher da limpeza foi esperá-lo à prancha, mas antes que ela abrisse a boca para se inteirar de como lhe tinha corrido o resto do dia, ele disse, Está descansada, trago aqui comida para os dois, E os marinheiros, perguntou ela, Não veio nenhum, como podes ver, Mas deixaste-os apalavrados, ao menos, tornou ela a perguntar, Disseram-me que já não há ilhas desconhecidas, e que, mesmo que as houvesse, não iriam eles tirar-se do sossego dos seus lares e da boa vida dos barcos de carreira para se meterem em aventuras oceânicas, à procura de um impossível, como se ainda estivéssemos no tempo do mar tenebroso, E tu, que lhes respondeste, Que o mar é sempre tenebroso, E não lhes falaste da ilha desconhecida, Como poderia falar-lhes eu duma ilha desconhecida, se não a conheço, Mas tens a certeza de que ela existe, Tanta como de ser tenebroso o mar, Neste momento, visto daqui, com aquela água cor de jade e o céu como um incêndio, de tenebroso não lhe encontro nada, É uma ilusão tua, também as ilhas às vezes parece que flutuam sobre as águas, e não é verdade, Que pensas fazer, se te falta a tripulação, Ainda não sei, Podíamos ficar a viver aqui, eu oferecia-me para lavar os barcos que vêm à doca, e tu, E eu, Tens com certeza um mester, um ofício, uma profissão, como agora se diz, Tenho, tive, terei se for preciso, mas quero encontrar a ilha desconhecida, quero saber quem sou quando nela estiver, Não o sabes, Se não sais de ti, não chegas a saber quem és, O filósofo do rei, quando não tinha que fazer, ia sentar-se ao pé de mim,

a ver-me passajar as peúgas dos pajens, e às vezes dava-lhe para filosofar, dizia que todo o homem é uma ilha, eu, como aquilo não era comigo,
visto que sou mulher, não lhe dava importância,
tu que achas, Que é necessário sair da ilha para
ver a ilha, que não nos vemos se não nos saímos
de nós, Se não saímos de nós próprios, queres tu
dizer, Não é a mesma coisa. O incêndio do céu ia
esmorecendo, a água arroxeou-se de repente, agora nem a mulher da limpeza duvidaria de que o
mar é mesmo tenebroso, pelo menos a certas ho-
ras. Disse o homem, Deixemos as filosofias para
o filósofo do rei, que para isso é que lhe pagam,
agora vamos nós comer, mas a mulher não esteve
de acordo, Primeiro, tens de ver o teu barco, só o
conheces por fora, Que tal o encontraste, Há algumas bainhas das velas que estão a precisar de
reforço, Desceste ao porão, encontraste água aberta, No fundo vê-se alguma de mistura com o las-
tro, mas isso parece que é próprio, faz bem ao
barco, Como foi que aprendeste essas coisas, Assim, Assim como, Como tu, quando disseste ao

capitão do porto que aprenderias a navegar no mar, Ainda não estamos no mar, Mas já estamos na água, Sempre tive a ideia de que para a navegação só há dois mestres verdadeiros, um que é o mar, outro que é o barco, E o céu, estás a esquecer-te do céu, Sim, claro, o céu, Os ventos, As nuvens, O céu, Sim, o céu. Em menos de um quarto de hora tinham acabado a volta pelo barco, uma caravela, mesmo transformada, não dá para grandes passeios, É bonita, disse o homem, mas se eu não conseguir arranjar tripulantes suficientes para a manobra, terei de ir dizer ao rei que já não a quero, Perdes o ânimo logo à primeira contrariedade, A primeira contrariedade foi estar à espera do rei três dias, e não desisti, Se não encontrares marinheiros que queiram vir, cá nos arranjaremos os dois, Estás doida, duas pessoas sozinhas não seriam capazes de governar um barco destes, eu teria de estar sempre ao leme, e tu, nem vale a pena estar a explicar-te, é uma loucura, Depois veremos, agora vamos mas é comer. Subiram para o castelo de popa, o homem ainda a protestar contra o que chamara loucura, e, ali, a mulher da limpeza abriu o farnel que ele tinha trazido, um pão, queijo duro, de cabra, azeitonas, uma garrafa de vinho. A lua já estava meio palmo sobre o mar, as sombras da verga e do mastro grande vieram deitar-se-lhes aos pés. É realmente bonita a nossa caravela, disse a mulher, e emendou logo, A tua, a tua caravela, Desconfio que não o será por muito tempo, Navegues ou não navegues com ela, é tua, deu-ta o rei, Pedi-lha para ir procurar uma ilha desconhecida, Mas estas coisas não se fazem do pé para a mão, levam o seu tempo, já o meu avô dizia que quem vai ao mar avia-se em terra, e mais não era ele marinheiro, Sem tripulantes não poderemos navegar, Já o tinhas dito, E há que abastecer o barco das mil coisas necessárias a uma viagem como esta, que não se sabe aonde nos levará, Evidentemente, e depois teremos de esperar que seja boa a estação, e sair com a boa maré, e vir gente ao cais a desejar-nos boa viagem, Estás a rir-te de mim, Nunca me riria de

quem me fez sair pela porta das decisões, Des-
culpa-me, E não tornarei a passar por ela, suce-
da o que suceder. O luar iluminava em cheio a
cara da mulher da limpeza, É bonita, realmente
é bonita, pensou o homem, que desta vez não
estava a referir-se à caravela. A mulher, essa, não
pensou nada, devia ter pensado tudo durante
aqueles três dias, quando entreabria de vez em
quando a porta para ver se aquele ainda conti-
nuava lá fora, à espera. Não sobrou migalha de pão
ou de queijo, nem gota de vinho, os caroços das
azeitonas foram atirados para a água, o chão está
tão limpo como ficara quando a mulher da limpeza lhe passou por cima o último esfregão. A se-
reia de um paquete que saía para o mar soltou
um ronco potente, como deviam ter sido os do
leviatã, e a mulher disse, Quando for a nossa vez
faremos menos barulho. Apesar de estarem no
interior da doca, a água ondulou um pouco à
passagem do paquete, e o homem disse, Mas ba-
loiçaremos muito mais. Riram os dois, depois fi-
caram calados, passado um bocado um deles opi-

nou que o melhor seria irem dormir, Não é que
eu tenha muito sono, e o outro concordou, Nem
eu, depois calaram-se outra vez, a lua subiu e con-
tinuou a subir, em certa altura a mulher disse,
Há beliches lá em baixo, o homem disse, Sim, e
foi então que se levantaram, que desceram à coberta, aí a mulher disse, Até amanhã, eu vou para
este lado, e o homem respondeu, E eu vou para
este, até amanhã, não disseram bombordo nem
estibordo, decerto por estarem ainda a praticar
na arte. A mulher voltou atrás, Tinha-me esquecido, tirou do bolso do avental dois cotos de vela, Encontrei-os quando andava a limpar, o que
não tenho é fósforos, Eu tenho, disse o homem.
Ela segurou as velas, uma em cada mão, ele acen-
deu um fósforo, depois, abrigando a chama sob
a cúpula dos dedos curvados, levou-a com todo
o cuidado aos velhos pavios, a luz pegou, cres-
ceu lentamente como faz o luar, banhou a cara
da mulher da limpeza, nem seria preciso dizer o
que ele pensou, É bonita, mas o que ela pensou,
sim, Vê-se bem que só tem olhos para a ilha

desconhecida, aqui está como as pessoas se enganam nos sentidos do olhar, sobretudo ao princípio. Ela entregou-lhe uma vela, disse, Até amanhã, dorme bem, ele quis dizer o mesmo doutra maneira, Que tenhas sonhos felizes, foi a frase que lhe saiu, daqui a pouco, quando lá estiver em baixo, deitado no seu beliche, vir-lhe-ão à ideia outras frases, mais espirituosas, sobretudo mais insinuantes, como se espera que sejam as de um homem quando está a sós com uma mulher. Perguntava-se se já dormiria, se teria tardado a entrar no sono, depois imaginou que andava à procura dela e não a encontrava em nenhum sítio, que estavam perdidos num barco enorme, o sonho é um prestidigitador hábil, muda as proporções das coisas e as suas distâncias, separa as pessoas, e elas estão juntas, reúne-as, e quase não se vêem uma à outra, a mulher dorme a poucos metros e ele não soube como alcançá-la, quando é tão fácil ir de bombordo a estibordo.

Tinha-lhe desejado felizes sonhos, mas foi ele quem levou toda a noite a sonhar. Sonhou que a sua caravela ia no mar alto, com as três velas triangulares gloriosamente enfunadas, abrindo caminho sobre as ondas, enquanto ele manejava a roda do leme e a tripulação descansava à sombra. Não percebia como podiam ali estar os marinheiros que no porto e na cidade se tinham recusado a embarcar com ele para ir à procura da ilha desconhecida, provavelmente arrependeram-se da grosseira ironia com que o haviam tratado. Via animais espalhados pela coberta, patos, coelhos, galinhas, o habitual da criação doméstica, debicando os grãos de milho ou roendo as folhas de couve que um marinheiro lhes atirava, não se lembrava de quando os tinha trazido para o barco, fosse como fosse era natural que ali estivessem, imaginemos que a ilha desconhecida é, como tantas vezes o foi no passado, uma ilha deserta, o melhor será jogar pelo seguro, todos sabemos que abrir a porta da coelheira e agarrar um coelho pelas orelhas sempre foi mais fácil do que persegui-lo por montes e vales. Do fundo do porão veio agora um coro de relinchos de cavalos, de mugidos de bois, de zurros de asnos, as vozes dos nobres animais necessários para o trabalho pesado, e como foi que vieram eles, como podem estar numa caravela onde a tripulação humana mal cabe, de súbito o vento deu uma guinada, a vela maior bateu e ondulou, por trás dela estava o que antes não vira, um grupo de mulheres que mesmo sem as contar se adivinha serem tantas quantos os marinheiros, ocupam-se nas suas coisas de mulheres, ainda não chegou o tempo de se ocuparem doutras, está claro que isto só pode ser um sonho, na vida real nunca se viajou assim. O homem do leme buscou com os olhos a mulher da limpeza e não a viu, Talvez esteja no beliche de estibordo, a descansar da lavagem da coberta, pensou, mas foi um pensar fingido, porque ele bem sabe, embora também não saiba como o sabe, que ela à última hora não quis vir, que saltou para o cais, dizendo de lá, Adeus, adeus, já que só tens olhos para a ilha desconhecida, vou-me embora, e não era verdade, agora mesmo andam os olhos dele a procurá-la e não a encontram. Neste momento o céu cobriu-se e começou a chover, e, tendo chovido, principiaram a brotar inúmeras plantas das fileiras de sacos de terra alinhadas ao longo da amurada, não estão ali porque se suspeite que não haja terra bastante na ilha desconhecida, mas porque assim se ganhará tempo, no dia em que lá chegarmos só teremos que transplantar as árvores de fruto, semear os grãos das pequenas searas que vão amadurecer aqui, enfeitar os canteiros com as flores que desabrocharão destes botões. O homem do leme pergunta aos marinheiros que descansam na coberta se avistam alguma ilha desconhecida, e eles respondem que não vêem nem de umas nem das outras, mas que estão a pensar em desembarcar na primeira terra povoada que lhes apareça, desde que haja lá um porto onde fundear, uma taberna onde beber e uma cama onde folgar, que aqui não se pode, com toda esta gente junta. E a ilha desconhecida, perguntou o homem do leme, A ilha desconhecida é coisa que não existe, não passa duma ideia da tua cabeça, os geógrafos do rei foram ver nos mapas e declararam que ilhas por conhecer é coisa que se acabou desde há muito tempo, Devíeis ter ficado na cidade, em lugar de vir atrapalhar-me a navegação, Andávamos à procura de um sítio melhor para viver e resolvemos aproveitar a tua viagem, Não sois marinheiros, Nunca o fomos, Sozinho, não serei capaz de governar o barco, Pensasses nisso antes de ir pedi-lo ao rei, o mar não ensina a navegar. Então o homem do leme viu uma terra ao longe e quis passar adiante, fazer de conta que ela era a miragem de uma outra terra, uma imagem que tivesse vindo do outro lado do mundo pelo espaço, mas os homens que nunca haviam sido marinheiros protestaram, disseram que ali mesmo é que queriam desembarcar, Esta é uma ilha do mapa, gritaram, matar-te-emos se não nos levares lá. Então, por si mesma, a caravela virou a proa em direcção à terra, entrou no porto e foi encostar à muralha da doca, Podeis ir-vos, disse o homem do leme, acto contínuo saíram em correnteza, primeiro as mulheres, depois os homens, mas não foram sozinhos, levaram com eles os patos, os coelhos e as galinhas, levaram os bois, os burros e os cavalos, e até as gaivotas, uma após outra, levantaram voo e se foram do barco transportando no bico os seus gaivotinhos, proeza que não tinha sido cometida antes, mas há sempre uma vez. O homem do leme assistiu à debandada em silêncio, não fez nada para reter os que o abandonavam, ao menos tinham-no deixado com as árvores, os trigos e as flores, com as trepadeiras que se enrolavam nos mastros e pendiam da amurada como festões. Por causa do atropelo da saída haviam-se rompido e derramado os sacos de terra, de modo que a coberta era toda ela como um campo lavrado e semeado, só falta que venha um pouco mais de chuva para que seja um bom ano agrícola. Desde que a viagem à ilha desconhecida começou que não se vê o homem do leme comer, deve ser porque está a sonhar, e se no sonho lhe aparecesse um pedaço de pão ou uma maçã, seria um puro invento, nada mais. As raízes das árvores já estão penetrando no cavername, não tarda que

estas velas içadas deixem de ser precisas, bastará
que o vento sopre nas copas e vá encaminhando
a caravela ao seu destino. É uma floresta que na-
vega e se balanceia nas ondas, uma floresta onde,
sem saber-se como, começaram a cantar pássa-
ros, deviam estar escondidos por aí e de repente decidiram sair à luz, talvez porque a seara já
esteja madura e é preciso ceifá-la. Então o homem trancou a roda do leme e desceu ao campo
com a foice na mão, e foi quando tinha cortado
as primeiras espigas que viu uma sombra ao lado
da sua sombra. Acordou abraçado à mulher da
limpeza, e ela a ele, confundidos os corpos, confundidos os beliches, que não se sabe se este é o
de bombordo ou o de estibordo. Depois, mal o
sol acabou de nascer, o homem e a mulher foram pintar na proa do barco, de um lado e do
outro, em letras brancas, o nome que ainda fal-
tava dar à caravela. Pela hora do meio-dia, com
a maré, A Ilha Desconhecida fez-se enfim ao mar,
à procura de si mesma.